하얀 벗

초판 발행 2024년 7월 8일

지은이 신숙희
그 림 김소이, 김소연, 이서우
기 획 권현수
디자인 아우르다
펴낸이 방성열
펴낸곳 다산글방

출판등록 제313-2003-00328호
주소 서울특별시 마포구 동교로 36
전화 02-338-3630
팩스 02-338-3690
이메일 dasanpublish@daum.net
　　　　iebookblog@naver.com
홈페이지 www.iebook.co.kr

ⓒ 신숙희, 2024, Printed in Korea

ISBN 979-11-6078-311-7 03810

하얀 벗

신숙희 지음

다산글방

그 동안의 일기를 읽어 보았습니다.

때론 담담하게 때론 격정적으로 써 내려간 글들이
노트에 담겨 번호 새겨진 명찰을 달고 늘어서서
지난 50년 시간들을 빼곡히 품고 있었습니다.

일기장은 제게 '하얀 벗'이 되어 주었고
오랫동안 위로와 희망을 전해 주었습니다.

다사다난한 일상 안에서 인내와 다짐으로 저를 이끈 하얀 벗은
저를 다시 살아나게 하고 또 자라나게 한 진실한 충고자였습니다.

고마운 사람들, 보고픈 얼굴들, 잊혀진 이름들
그리고 뜨거운 사랑과 가슴 아픈 이별을
고이 간직한 제 소소한 글에
큰 딸의 도움으로 시의 옷을 입혀
여러분들과 함께 나누게 되었습니다.

이 모든 작업과
여러분들과 일치와 공감을 맛본 순간들에 대해
주님께 감사를 드립니다.

2023년 8월 17일
신숙희

향수

가족

의욕

신앙

책 끝에

딸과 손녀들이 드리는 글
헌사_ 윤여림

향수

가을

시원한 마음으로
하루를 열고

서 있는 자리에서
눈을 들어
조망하면
나는 넓음의 주인이 된다

고개를 숙여 발치를 보면
오색의 단풍은
나의 설 자리의
풍요를 알려 준다

하얀 구름은
높다란 계절을 따라
하염없이 오르며
끝이 어디인가 탐색하는데

가을을 보내는 내 마음은
진한 정열이
추위에 다쳐 사그라들까
옷깃 여미고

찾아오는 벗들을 위해
뜨겁게 방을
데워 놓으리.

가을 하늘

폭풍이 한바탕
놀고 떠난

가을 하늘
맞아들여

풍성한
들뜬 마음

간절한 숨
불어넣어

머나먼
지평선까지

한껏
늘려 보리.

황매화

황매화가
밥풀만 한 꽃망울을 터트리고
노란 꽃을 피웠네

나를 알아달라고
칭얼대는 것

노란 얼굴을
환히 드러낼 적에
비로소 알아차렸네
계절이 왔구나 너의 봄이

내 무딘 감각으로
숨겨진 표정
놓쳐서는 안 되리

나도 종종
황매처럼 살았네
날 세상에 드러내려
치대었고

때로는
성취했지만
대부분
실망으로 문을 닫았지

오늘 황매의 노란 속은

나에게
도전이란 단어를
알려주었네

그가 간직한
폭넓음도
나눠주었네

앞으론
더 넓게
더 오랫동안

내 속을
열어
놓으려네.

산촌 고향

도시의 봄이 파스텔화라면
시골의 봄은 수채화다

내 어린 시절 놀이방
산촌의
자욱한 아름다움은
화려하고 낭만적이었다

진달래 아카시아 산철쭉이
연이어 피는 봄부터

솔잎 떨어져
수북수북 쌓일 때까지

우리는
반찬 내용만 바꾸어
줄창 소꿉놀이를 했다

마음에 맞는 벗을
고를 줄 모르는
순박함으로

옹기종기
여러 해를
함께 놀았다

오늘
개나리 목련 매화가
질서있게 피어나는
도시를 배회하면서

한달음에 닿을 듯한
옛 동산을 그려본다

사람은
현재보다 미래에
희망을 걸지만

현재보다 과거 추억에
순정을 느끼는 것 같다.

향수

동이 훤히 트면
집마당을 돌며
살아 움직이는 기쁨을 맛본다

맑은 공기 한가득 들이마시면
원시림 빽빽한 뒷산을 배경으로

한갓진
고향 마을의 정취가 떠오른다

시골길 동네 어귀의
어린 시절 삶이 펼쳐진다

마을의 친척 어른들은
인정 어린 몸짓으로
달려 나오시고

반가움의 눈물이
지금껏
내 몸에 젖어 있다

인간은
꾸밈없는 형식과
발가벗은 마음일 때

순수함이
맴돌 수 있나 보다

현재의
메마른 셈법 감도는
긴장감은

잊혀졌던 향수에
잠시
곁을 내어준다.

자연 법칙

자연의 조화란
인간의 법률처럼
조직적이고 철저한 것인지

에누리 없이 진행되는
과정이 흡사하고

전체의 균형이
작은 도드라짐을
앞서는 면이 비슷하다

꽃은 돋보이려고
꽃잎을 활짝 펼치며
안간힘을 쏟는데

잎사귀들은
꽃의 만개를 축복하며
곁에 우중충하니 초라해 있다가

꽃이 지고 나면
순리대로 새잎들이
파랗게 돋아난다

인간들의 세상보다
어쩌면 더 철저히

끼리들의 협력체제가
잘 되어 있는지도
모르겠다.

커피

너는
한가함을 나눌 벗

마음을 공유하는
동반자

너는 나와 함께

손동작에서 이미
하나의 목적을 가지며

목의 감각을 통해
한 흐름을 느끼고

가슴 속에서
혼연히 일체되어

외로움과 울적함을
달래주네

너는
짙다 못해 검어져버린
고뇌의 핏물

고요를 넘어
적막 안에서
허탈을 곱씹는 내 짝꿍

네 이름은
커피
이어라.

긴 날개

긴 날개
여울에 담그고
시원한 목욕을 즐긴다

한낮 땡볕이 뜨거울세라
쫓기어 오다보면

이리도 청량한 기쁨이
있을 줄이야

긴 날개
여울에 적셔 놓고
깃털 조각 사이에
물을 들인다

어느 것이 뜨거움인지
어느 것이 서늘함인지

이리도 분간이
안될 줄이야

긴 날개
여울에서 건지어
묻은 물 훌훌 털고
가벼이 구천을 난다

가도가도 알 수 없고
보이지 않는
내 보금자리가

이리도 멀리
있을 줄이야.

귀향길

칙칙폭폭
석탄불
증기기차 함성은

구비구비
인생길 모랭이를 돌아도
잊히지 않고

부끄러워
오징어 땅콩 파는 아저씨
부르지도 못하던

매력덩이
해맑은 아가씨들
대합실에 가득하고

울뚝불뚝
고개의
등성이 돌아

닥지닥지
조가비처럼 붙은
고향마을로 눈이 가면

마음이
울렁이고 출렁이고

길고 긴
이승의 여행길 끝에서도

찬란히 빛날
젊은 날 귀향길이어라.

영가 소리

어릴 때
이따금씩 들어보던
영가 소리는

영혼을 떠받들어
높이 올리는
희망의 상징이었을까

측은하면서도
듣기 좋은 가락으로
느껴졌음은

본향으로 돌아갈
운명 때문이
아니었을까

태어나고 돌아감이
예사로운
흐름일지라도

추억 많은 이에겐
고통스런 일이고

연민에 휩싸인
남은 자들에게
한참이나 휘몰아칠 시련일 텐데

큰 어머니의 타계는
나와 인연 닿은 분의
흔적이 사라지는 슬픔을 넘어

파란만장한
한 세기의 일화가

다음 세상으로 이어짐을
뜻하는 게 아닐까.

좋은 만남

앞마당의
복스런 목련은

빛을 뿜어내는
봄눈송이

담벼락 올망졸망
황매화는

앙증맞은
샛노란 햇병아리

가식을 벗고
천진한 맨얼굴로
그들과 뒹구노니

이리 좋구나
이리 편쿠나

끌리고 편안한 걸
찾는 본성은
자유의지의 표현인가

모든 관계는
만남이 좋아야

아름다운 본모습이
드러나거늘

신의 작품들이
내 상처 어루만지니

그분의 안배가
따사롭구나.

나눔의 식탁

꽃사과 나무의
붉은 꽃방울

조롱조롱
열리고

애송이 열매는
연두색 상큼함

성숙하게 익으면
검붉은 싱그러움

잘 영글은 열매
한 바가지씩 담아
이웃과 나누면

다물어지지 않는
함박 웃음 짓네

정든 벗들 불러 앉혀
이제껏 지켜주신
마음을 나누고

내 곁을 덥혀준
영혼의 벗들에게

달콤새콤 꽃사과술
대접하며

나눔의 식탁
꾸미리라.

옛 추억

앳된 열정
맘껏 발휘하던
등산을 가면

백운대 깔딱고개
힘든 고비들에서
23세의 나를 본다

깎은 듯 드리운
돌의 계곡에서

쩔쩔 매면서도
포기할 수 없었던 기억

계곡을 타고 올라
능선을 따라

먼 하늘 노을이
불그스레
이글거리던 광경

발이 접혀
앞으로 고꾸라질 뻔한
아슬아슬한 장면

땀에 젖어
산머리에 도달하면

님이 계시겠지 하던
맘 설레던
청춘의 두근거림

희망의 날개가
너울너울 춤추며

중년의 문턱에 걸린
내 발걸음을
가벼이 되돌려 간다.

예외

춘삼월에
눈이 와서 쌓였다

세상엔 가끔씩
예외라는 게 존재하는데

그 틈에 우리는
꼭 지켜야 한다는
원칙의 빡빡함을 씻어내린다

잠시라도
마음 내려놓을
구석을 찾으며

자연의 이변 속에서
융통성의 면모를
확인하는데

우리 삶에서
자유로움이 없다면
숨 막히는 물속과
다름이 무엇일꼬.

할미꽃

할미꽃 커다란 키
머쓱하게 아름다워

어리고 젊은 시절엔
허리 굽혀 붉은 얼굴

할미 되고 등 펴고
하늘로 향한 파파머리

인간들과 반대 양상
더더욱 매력적이네.

진달래

오늘
워커힐 앞 긴 언덕길을
걸었네

하루 종일 다녀도
힘들지 않던
내 젊은 날의 추억길

나들이 온
고운 한복 속
여인들이

진분홍 진달래와 나란히
색의 향연에서
화려함을 떨쳤었네

새벽녘에
자다 깬 나를 부른 이는
원초의 울긋불긋 꽃무더기

몸을 흔들며
말을 건네오네

그 순간

한낮에 나를 매혹한
만개한 진달래 자태가
눈앞을 메우며

옛적 젊은 길
진달래로
환히 되살아나네.

포용력

산만과 모순의
뒤엉킴의 소산이

삐그덕거리는 잡음으로
산천초목을 욕보이더니

응수라도 하듯
하늘은 비를 쏟아 놓는다

빗소리의 완강함이
잡음을 덮어버려

인간의 아우성은
우습게 되어 버렸다

나락에서 벗어나
환희를 타고
하늘에 당도할 수는 없을까?

푸르른 나뭇잎의 상쾌함이

벌써 오뇌 같은 건 벗어버린듯
미소 어린 얼굴이 환하다

멀리 하늘과 산봉이 맞닿은 곳
비록 알 수 없는 영역이지만
그 속을 타고 산을 오른다 생각하니
삶이 흥미롭다

산이 호위하는 내 고향집

나의 본질은
흙을 닮은 포용력이어야 함에
많은 것을 감싸 안고 살아왔는데

비울수록 새 감각을
더 창조해 낸다는
인간의 뇌는

근사한 역할을 해왔음이 틀림없다.

자연의 조화

연이틀
굵은 빗방울
나뭇가지 늘어트리고

이제 막
연두를 벗어나
초록으로 가려는 잎사귀

말갛게
씻어내린다

사과나무 영근 꽃들은
시골 젊은 아낙의
비 맞은 자태처럼 수줍고

마당은
싱싱한 젊음 채움 받아
활기 넘치는데

나무 하나하나가
귀하지 않은 게 없고
만족스럽지 않은 게 없다

자연의 조화는
인간의 마음도
평안으로 인도하여

자연스레
쉼의 영역을
찾게 하나브다.

물처럼 바람처럼

세검정 뒷산을 올라
산속에 묻히고 나니

말없이 살아보려고
애쓴 시절이
얼마나 길었으며

티 없이 지내보려고
몸부림친 흔적이
얼마나 깊었던가

다반사 털어놓고
위로를 주고받으며
숲과 하늘에게
호응을 청해보는데

물처럼 바람처럼
흘려버리지 못한 사연을
받아줄 수 있겠는가

애증 모두 훌훌 털고
초연하게 살지 못함을
탓하지 않겠는가.

개나리

뒷산
개나리 덕분에
우리 동네가
봄으로 뒤덮였다

나도
활짝 핀 개나리처럼

모든 이의 보람을 받는
사람이 되고 싶은데

노오란 꽃의
화사한 향기되어
벗들 안으로 스며들어

존경도 받고
귀여움도 받고 싶은데

봄경치를 보듯
마음 열고 바라보며

서로의 눈에
흐뭇함으로
서려 있으면 좋겠다.

다듬이질

다듬이질을 잘하여 만든
명주 두루마기는
유난히 품위가 있다

다듬이질에는
정성을 담은
부인들의 마음이 깔려 있고

힘든 줄 모르고
목표를 향해 최선을 다하는
우직한 힘이 담겨 있다

부모로서 우리가
얼마나 공들인 다듬이질을
했느냐가

자녀들이
탄탄한 길을 걷는
원동력이 될 터인데

열성과 지혜를 지닌
옛 아낙들의 삶의 자세가

타닥따닥 타닥따닥
다듬이 소리를 타고

내 마음을
흔들고 있다.

가족

가시나무새

내 아이 우리 상아는
가시나무새처럼

아픈 줄 모르는
찔리움 속에서
구원을 노래 부르며
스러져갔다

어미 영혼의 찌든 때를
지우기 위해
있는 힘을 다해
곱게 노래 불렀다

나는 그 노래 덕분에
조금씩 눈을 떠 간다

10년을 보았어도
아직은 보이지 않는
아이의 메시지

10년을 들었어도
뚜렷이 들리지 않는
아이의 노랫소리가

내 가슴에 박히어

무지와 무능이 만든
찌들음을 씻어내고

나는
영혼의 채찍질을 통해
그 의미를
헤아려간다.

상실의 고통

비비 꼬여
머리와 꼬리를 가려낼 수 없었던
혼돈의 내면이

분명한 모양으로
사물을
바라보게 되었다

앙그라니
십자가에 매달리신
주님을 뵈며

역행할 수 없는 것이
삶임을 깨닫는다

고통은
전진을 뜻하며
후회는
이미 전진해 있는 것

너를 상실한 고통은
이제
나의 깨어졌던 머리를
맑게 치유하고 있다

나를 깨뜨리고
다시 깨어나게 해준 분과
함께인 너

많은 이들을 깨워주길
주님과
영원히.

너

맛있는 음식을 만들 때
난 늘
슬픔을 함께 만든다

은근한 미소로
나를
참 삶의 언덕에
머물도록 한 사람

여유있는 행동으로
나의 분노를
낮춰주던 사람

너로 인해
삶의 길에 놓인
정의가 뚜렷했으며

어둔 밤길은
노상
밝아만 보였다

오늘도 온종일
떡을 빚으며
마음속 필름으로
너의 모습을 떠올린다

너의 씨익 웃는 얼굴은
영원을 두고도
보기 싫지
않을 사랑.

아버지

아버지를 그리워하다
문득
드는 생각

헤어지면 만나기 힘든
생과 사 관계의
애매함에 대하여

비오는 창밖
잎사귀 위로
시선을 떨구고

무상함을
자꾸 써보네

동글동글 떨어지는 빗방울은
방울방울 엉켜들어 하나 되는데

인간이
흔적 없이 돌아가
섞일 것은 무언가?

만남과 헤어짐의
끝은
어디고?

저녁

까치발 디디며
넘나들던 하루는

햇빛을 감추고
소음마저 훑어갔네

전등빛 아래
정든 보금자리

찬찬히 살피는 서로의 눈빛은
화사하게 빛나고

한낮의 소동은
까마득히 잊혀져가네

아이들의 재치가
엄마의 수고를 머금고

까만 밤을
흐뭇하게 밝히네.

사슴

모가지가 길어
슬픈 짐승이 사슴이라
노천명 시인이 말했던가

인간은 오히려
목이 짧은 이유로
슬픈 것은 아닐까

우리 아홉 형제를
제법 행세할 수 있도록
힘들게 키워주신 아버지를
잊지 못한다

우리 아이들도
반듯한 마음 키워가도록
애써보는데

순간순간 부딪히는
절망 같은 힘듦은
어디서 올까

멀리
내다보는 안목이
필요한데

너른 시야로
큰 세상을 응시할 수 있는

사슴이 부럽다.

자녀

내 몫이면서도
내 소유가 아니고

내 소유가 아닌데
내 것으로 지목된

너를

항상
조심조심
되도록
관대하게

때로는
손님처럼 예의있게
때로는
흉허물 없이 친근하게

대할게.

새벽

새벽의 바삐 움직이는
발걸음 소리 또렷하고

배달 오토바이의
급한 엔진 소리도
정겹기만 한데

밤새 못 보았던
얼룩 바둑이 꽁돌이는

길길이 뛰며
내 하루를 재촉하는구나

쓰다듬어 예뻐해 주고
맛난 먹이로 달래 주니

울 아이들이
젤로 여기는
너의 분주함마저

내 눈엔
더없이
사랑스럽구나.

형제들

신이
우리에게
바라시는 게 무얼까

많은 숫자의
우리 형제들

결코
우연한 만남이
아닐 텐데

서로
공감 가는 게
많음을 보더라도

운명이 우리에게
주고자 하는
뚜렷한 제목은 뭘까

우리는
원형극장의
배우나 관객처럼

돌아가면서
서로
응시해 왔는데

진심을
우리들 마음에 심어준
아버지는

신의와
화합을
바라셨을 거야.

부부

산뜻이 기억되지 않는
어수선한 꿈을
꿀 때가 있지

남편이 출장 가 있거나
집을 비울 때
종종 그런 경험을 했지

짙은 인연은
삶의 진수처럼
장면 모두가
흥미진진한 건 아니어서

때때로 우습고
때때로 무섭고

오진처럼 모호한
장면들도 많았지

그런데 끝나고 보면
줄거리가 있고
인과관계가 있고

우연과 필연이 어우러져
그럴싸한 결말에 이르겠지

우리 부부도
세월의 흐름을 타고
마지막 무대를 향해
치달아 가는데

차곡차곡 쌓아 올린
의리와 정이

어떤 피날레를
만들어낼지.

그리움

너를
보고 싶은
마음은

훤한 동틀녘부터
서산이 검어지는 저녁까지
내내 이어지고

귀로 하는 대화를
알게 된 엄마는

안방에서도
너의 집 자연과 소통하는
재주를 얻었어

성모님은 아들을 따라
높이까지
올라가시지 않았니?

난 아무리 강하려 해도
인간에 불과해서
너를 위해 이룩할 것이 없어

그렇지만
씩씩한 발걸음으로

힘든 현실을
거뜬히 뛰어넘을 것을

너를 두고
맹세하려 해

널 그리는 마음이
늘 나와 함께이기에

다른 기쁨도 누릴 수 있음을
깨달았어.

딸

내 딸은
원형 그대로의 기쁨을
누리고 있을 것이다

주님이 주신
기쁨의 모양 따라

벗들과
떠들고 까불며

가을의 햇살을
만끽하고 있을 것이다

대견하리만치
삶을 음미하는 딸에게

늘 함께하는
참 삶의 기운을

감사히 여기는
어미의 마음에

주님은 하나 가득
만족을 전하여 온다

네 딸의 평안을
나에게 맡기어라.

이별

빛이 보이니?

어린 아들의 임종을 지켜보는
엄마의 물음이다

아들은
들리지도 않을
작은 음성으로 말하는데

빛의 나라로 가거라!

눈물 범벅의 엄마는
마지막 보살핌을 전하고

독백만으로
셀 수 없는 작별인사를
쏟아낸 나는

영화 속의
여유 있는 이별 장면에서
늘 눈을 못 떼었다

신의 실존도
내 죽음의 필연성도
소용없는 듯

찰나의 무한배 영겁
길고 긴 세월을
그리움으로 채워왔다

나의 죄가
그를 다시 만날 수 없게 할까
두려워하며.

친구들

나의 벗으로 완전 만족인
나를 꺄르르 웃게 만드는
생명체 둘이 내 옆에 있다

언제 어느 때 봐도
꼬리는 파들파들
눈망울은 반짝반짝

내 행동을 미리 읽어
현관으로 거실로
이리저리 뛰어다니며

만나기를 간청하는
열성파

내 가슴에
사랑스러움으로 자리하기를
벌써 세 해째

까만 놈은 털이 짧고 윤기가 있어
안고 있으면 만들만들 따스한 게
아가를 품은 것 같고

몽실몽실 따스함이
생을 실감케 한다

나의 여러 힘듦을
부쩍 덜어주는 놈들과

오늘도
마당 쓸고 물 주면서
우르르 우르르
술래잡기를 하는데

우린
유난히 어울리는
친구들인가.

사위

묘한 인연으로
자식의 자리에
오르게 될 사람

실타래처럼
자꾸만 그의 방향으로
끈이 풀려 나가고

헤프지 않은 언어로
나의 호감을 담아
동행하자 청함을
받아주겠지

손때 묻히며
고이 키운 딸과
화목하게 지내달란 마음
알아주겠지

세상풍파 겪고 난
두근거림으로
간절히 소망하고 있음을
이해하겠지

부모의 마음이란
끝없는 부탁과
염려의 표현밖에 없는지

귀하면 귀할수록
두 생각은 커져가고

생각이 커질수록
한층
수다스러워진다.

꿈

분지로 된 넓고 파란 잔디밭에서 두 분의 사제가
영성체를 주고 계셨어.

어디서 작은 가방을 찾아가란 소리가 들려 뒤돌아보니,
작은 남자아이가 두리번거리고 있지 뭐야.
미사 중간이라 일단 아이를 번쩍 안고 나와 물었더니,
아이는 "엄마를 찾아다니는 중"이라고 해.
나는 아이에게 엄마를 찾아주려 마음먹었어.

마침 의식이 끝나 모두 무리지어 어딘가로 향하는데
나도 아이를 안고 따라갔지.
녹음 우거진 산길을 걷기도 하고 맑은 물이 흐르는 바위 옆을
지나기도 하는데, 우연히 큰 신부님께서 내 곁을 지나가다
물어보시네. "성체를 영했느냐?"
아이 때문에 못했다 말씀 드리니,
다시 띠를 매시고 경건하게 내게 성체를 주셨어.
사람들은 둘러서서 보고 있었지.

계속 걷다가 어떤 집에 도착했는데,
얼굴이 갸름하고 머리를 위로 단정히 올린 중년 여인이
그곳에서 나오자 내 품에 있던 아이가 "엄마!"라 부르는 거야.
아이는 자기 엄마를 따라갔는데 우리는 그 집에 들어갈 수 없었어.
단지 밖에서 들여다볼 수 있고 집 안의 소리를 들을 수는 있었지.

이상한 것은 그 집에서 또래의 아이들 여럿이
중년 여인을 "엄마"라 부르며 살고 있는 거야.
얼마나 그들이 천진난만한 모습으로 재미있게 노는지
마치 영화 속의 장면들 같았어.

한참 후 중년 여인이 작은 소년에게
"누가 너를 데려다 주었느냐?"라고 묻자,
아이는 우리들 쪽을 훑어보더니 나를 가리켰어.
중년 여인은 나를 쳐다본 순간 깜짝 놀라며,

"몇 년 전에 아들을 잃어버렸지요?"
"그 아이를 내가 데리고 있습니다!"

"우리는 서로에게 아이를 찾아 주었군요!" 하고
집으로 들어가 버리네.

나는 어리둥절하다가 꿈에서 깼는데,
구름 사이로 쏟아져 내리는 햇살처럼
내 마음이 환해지는 거야.

"우리 상아가 잘 지내고 있었구나."
하는 혼잣말과 함께.

의욕

경계선

경계선은
사람들 간에
큰 절제의 선이 되는데

경계선이 잘 유지되면
서로 간에
편안함을 느끼고

각자
자존감을
잘 유지하게 된다

주변에 다감히
자신에겐 절도 있게
대하다 보면

처량한 몸의 쇠퇴를 이기고
마음을 생생하게 가꾸는

지름길이
열리게 된다.

나이

내 마흔 일곱 나이를 펼쳐
지나온 일들 수놓아 보리

구멍난 부분 촘촘히 메워
훨훨 털어도 끄떡없는 천

화려함을
뽐내지 않더라도

볼수록 조화로운
문양을 담아

더 늙으면
쇠한 심신 고이 감싸줄
이불로 쓰리.

생_Life

긴 강을
훑어 올라가는 꿈을
자주 꾼다

다리 훤히
둥둥 걷어 올리고
세찬 물결 휘저으면

강렬한 느낌이
머리로
뻗치어 온다

모든 삶의 감각이
한꺼번에 깨우쳐지는
순간이랄까

내 뇌리에는
어째서 생이란 단어가
떠나지 않고

무엇을 하든
그것에 매듭지어지는지

내 어머니가
날 잉태할 무렵
삶을 힘겨워 했다는데

내 인식의
있고 없었던
이제까지의 모두가

생으로
강하게 기울었던
필연이었을까

나를 따라다니는
생 안에서의
갈등과 갈증을

소박한 행복과
긍정의 너그러움으로
풀어헤쳐 볼까나.

삶의 길

삶의 길을
가는 우리는

뒤를 남기고
흔적을 그려 놓는다

나는
뿌듯함과 아쉬움이란
형체가 묘한 그림을
많이 그려 놓았다

배움과 봉사의
두 붓을 들고
동분서주해온 세월들

흰 여백 속에 새겨진
인고의 검붉은 색과
희망찬 푸르른 색은

어우러짐과
불협화음을
넘나들며

외롭고 쓸쓸하지만
멋지게 살아보려는
이들의 시선을

잡아당기고 있다.

휴식

하루를 쉬었는데

몸과 맘의
곁가지를 잘라 냄으로써

나 전체의 생명력을
북돋우는 시간이었다

현재의 몸을 내려놓고
진리의 몸을 얻고프다는
소망을 가져보며

비워내며
채우는 시간

놀며
힘을 만드는 하루

걱정근심을 끊어내며
생각의 여유를 늘리는 휴식이

나를
버티게 해주고

나를 다시
살아나게 해 주리라.

드라마

연속 드라마에
출연해 보고픈
생각이 들어

딜레마에 빠져 허우적거리다
역할이 끝나면
책임감도 스르르 사라지는
느낌은 어떨까

생동감을 실제로
연기해야 하는
진짜 삶은
더 어려운 게 아닐까

한 인간의 과거사란

전개된 내용보다

그가 품고 살았던
생각에 따라
가치가 달라진다고 믿는데

찌뿌듯한 하늘 밑
감나무잎 한 장이
맥없이 떨어지는 걸 보며
생각에 잠겨

고뇌에 찌들어
제대로
삶을 만끽하지도 못한 이들은

번뇌와 우수에
빠졌겠지만

혹시
슬쩍 삐져나온
꿀맛 같은 만족에

생의 보람을
느끼기도 했을까?

멋

집의 한 자리에 머물며
나와 소통 가능한
살림살이를 좋아한다

나무 그릇, 도자기 찻잔,
이층 장롱, 옛날 뒤주,

내 손길이 닿아
쓸수록
반짝반짝 윤이 나고

묵은 살림의 관록을
간직한 물건들

항아리 속
장대한 산의 계곡이
나를 이끌고

골동 반닫이의
무늬와 색깔이
내 눈을 사로잡고

선조들의 삶의 모습이
깊은 멋을
두루 지녔음에
경외감을 갖는다

내 아이들도 먼훗날
음미와 관찰로
삶의 공간을
채워 가겠지.

불행을 떨치는 삶

버스 안에서
문득 들려오네

고통이 말끔히 치워지는 때가
생의 끝이라고

불행은
인생의 동반자인가

어린 시절엔
괴로움의 단어들을
거의 듣지 못했다네

어른들이
두런두런 대비책을 논하는
낮은 대화가 흐를 뿐

전쟁을 겪은 세대
현실에 맞선
진지한 표정엔

짜증 하나
섞여 들지 않았다네

묵묵히 살아낸 그들
힘듦을 함부로 내뱉어
현실에 찌들지 않고

신중한 계획으로
조용히 버텨내는

불행을 떨치는 삶을
지어낸 분들이네.

시간

시간이 남아도는데
시간에 쫓기어 허둥지둥

하루를
무사히 넘긴다는 건
쉽지 않다

싫증나는 하루를
근근이 풀로 붙여
한 장 한 장
모아가 보면

영원을 향해
내디딘 첫발이
잘 흘러가는가 싶다

내 것이면서도
내 맘대로 할 수 없는
삶의 법칙 앞에서

공연한 짜증을
누르며

째깍째깍
시계 바늘만
쳐다본다.

글쓰기

착잡할 때 글을 쓰면
어느새 덤덤해지고

상쾌할 때 몇 자 적으면
훌쩍 유쾌해지네

색색 실로 타래를 만들면
한쪽은 굵고 촘촘하고
다른 쪽은 듬성하고 느슨한데

탐탁잖은 넋두리라도
함께 열심히
고뇌해 온 벗이니

촘촘하면서도 느슨한
내 글쓰기가
사랑스럽다네.

종이배

까딱까딱 흔들리며
떠내려가는
종이배 형상은

바로
나의 모습

자신만만하게
물살을 타고
흘러가지만

한 올 지푸라기에도
통째 뒤집힐 수 있는
운명이기에

까불까불 떠들며
겁나는 줄 모르는
나의 언행에

어쩐지
부끄런 맘이 드네

내 실존의 깨우침
어디서 찾을까

역시 그분에게
맡겨 드려야겠네.

하고픈 이야기

젊은 사람들에게
침식 당하는
노년의 자리

두 발 디디기에도
힘들다는데

한 나이를 또 먹은
나의 소망은

세월이 흐를수록
깊이 쌓이는
하고픈 이야기들을

한 톨도 흘리지 말고
주워 담는 것

생각은 늘어만 가고
실천은 어려워만 가고

상상의 세계에
폭넓은 자유를 허락하여

허구를 살짝 덧대어
펼쳐낸 이야기 세상을

재미나게 휘젓고 다니는
앞날을 그려보는데

신기하게도
시간 가는 줄 모르더라.

사색

사색하는 시간은
여유를 만들고
희망을 안겨준다

생각이 없다면
모짜르트를 찾아온
검은 망토 속의 살리에르처럼

어두운 정체에게
우리 존재가
압도 당할 것이다

분별 있는 사고는
정체 모를 가면을
벗겨 버리고

모호한 현실을 넘어
선명한 존재로
우리에게 다가온다

생각의 본체는
보이지 않으면서도
형상이 있는 존재라던가

숨어 앉아서
우리에게
좋음과 나쁨을
경험케 한다.

미동

스산한 구름이
미동을 부르고

보일 듯 말 듯한
바람의 움직임이
태풍을 몰고 오네

작은 구름 조각이
광활한 하늘을 누비고

허무를 떠올렸던
협소한 나의 사고가
신의 무한 세계를 탐색하네

티끌만 한 고통의 씨앗은
여물어 가서

폭넓은 안목으로
누구와도
진심 어린 대화를 나누네.

꿈과 현실

비행기 날개는 긴데
연료가 없는 격

이상은 높은데
타고 나를 장대가 없는 꼴

소망을 모두 적어
애드벌룬에 실어
높이 띄울까?

타래를 풀어
실뭉치로 만들어야
옷을 짜내지

꼬기꼬기 쑤셔 놓은
타래실을 무엇에 쓸까

나를 알고
주변을 살피고

미리 미리
준비하고 있어야

꿈은 현실로
이루어진다.

신여성

주변을 두루 챙기고 남은
아주 적은 여유마저
자신에게 인색했던
한국 어머니들

나의 내면에는
스스로의
신념과 개성이 중요하다는
현대 여성의 특성이
도사리고 있다

정원에는 고추와 가지
호박과 박넝쿨이 엉키어
천연덕스런 진풍경인데

농가의 전통 뜨락과
현대의 식탁이 공존하며

진정
우리 생을 풍요롭게 할
주인공들이 아닌가

근대와 현대의 만남인
나 자신이
조화로운 중간지대라

후대와
현명한 유대를 이루는
신여성이 되어 보련다.

삶

삶은
낡고 바랜
기억들을
차곡차곡 보태어

길게 이어 놓은
추억의 이음줄

이래저래 눌러온
한의 뭉치들

한 가닥만 집어 들면
질질 끌려
모두 따라나오니

콕 집어 몇 부분만
지울 수도 없는 노릇

아직도
구두끈 동여매고
걸어야 할 길이
아득한데

다가올 일들은
전혀
감이 안 잡힌다.

여름날 독서

푹푹 찐다

어찌나 더운지
말없이 짓누르는
독재자의 형상이랄까

무더위 없는 여름이었다는
오명을
남기기 싫었는지

이제까지 못해 온
여름 한철의 구실을
이틀 사이에
다 해치운 듯하다

누군가의 희생이
다른 이에게 회복을 준다는
교리를 위한
땀 흘린 독서는

더위에서 비껴 앉아
뭔가에 몰두케 하고

영혼에 유익한
과실을 맺게 하리.

꿈꾸어라

지키고 있어라
나이만큼 넓은 자리를

쌓아 놓아라
인내한 만큼 높아진 평판을

간직하여라
지켜온 비밀의 언약을

기억하여라
고난을 함께한 우정을

회상하여라
여름밤 고향 개울 풍경을

잊어버려라
시샘과 배신의 아픔을

가늠하여라
불행과 행복을 가를 습관을

떠올려 보아라
인생을 보람에 걸던
부모의 주름진 얼굴을

말하여라
삶은 노력으로 일구는 밭고랑 같다고

그리고

다시 꿈꾸어라
남몰래 간직한
마지막 소망을 향해.

의욕

쉬지를 못하는 버릇이
왜 생겼을까?

젊은 시절이
참 아쉬웠고

나이 들며
쉰다는 게
세월을 욕보이는 것 같아
바쁘게 지냈더니

이젠
그냥 있지를 못하게 됐다

시간이 더 빨리
내달리기 전에

생각의 고삐를
잡아매고

힘들어도 쉴 없이 뛰려는
의욕은 큰데

하루는
혜성처럼 꼬리를 남기고

이튿날이란
또 하나의 포물선을 그리고.

신앙

당신의 사랑

당신의 사랑을
듬뿍 받는 행복이

저의 존재를
귀하고 귀하게
만듭니다

긴 하루 동안
당신에게 드린 정성이
없음을 고하며

제 변명을
설움과 범벅하여
늘어놓기 전에

참회라는 말로
다시 글을 시작하겠습니다

당신은 결코
나쁨을 만들지 않으셨지요?

저희들 스스로가
오만과 방자함을 만들고
판단의 능력을
상실했지요

당신의 존재가
저희 안에 계심인데

불행과 과오가
당신 안에서
퇴색해 갈지언데

저의 존재의 당당함과
제가 누려야 할 기쁨을

한시도 잊지 않고
살아가겠습니다.

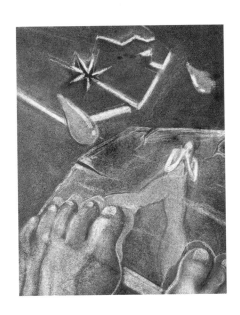

님의 탄생

꽃눈을 피우기 직전의
꽃망울처럼

가슴 한가득
발버둥치는
소란스러움

도랑을 내어
서서히 흘러 내리든지

활짝 아름다운 싹을
틔우기라도 하든지

운집한
고통의 알갱이가
도대체 무얼까

속절없이 지난 세월이
고통의 뭉덩이로
내게 남은 건가

성탄을 앞두고
님의 탄생과 더불어
나를 일깨우시니

이는 결국
그의 품안에서
마무리지어질
일이겠지.

고통

고통을 짓눌러
압화를 만들었더니
그 형태가 야릇하다

견디기 힘든 고난의 감정
일생 그것과 접해 온 나는

용기를 내어
디디고 정복하거나
살살 달래어 밀쳐버려도

일순간의 승리에 그치고
아픔의 본체는
도저히 알 수 없었다

우연히
도약의 사닥다리 딛고

무한정한 길을 따라
걷고 또 걷는데

나는 어느새
희망을
올라타고 있었다

고통을 걷는
사닥다리는

빛을 향해
놓여 있었다.

들을 귀

들을 귀를
강조한 분이
주님이신데

그분을 따르기 위해
듣는 것에
신중해지고

들을 귀를
넓게 열고

귀한 조언을
담으련다

지혜와 분별을
돕는 말씀

당연한 도리를
알리는 말씀

허영을 멀리하는
말씀을 통해

의롭고
떳떳한 세상에
눈뜨고 싶다.

수녀님들

깔멜의
검은 베일 속
수녀님들의

기도 소리는

이른 봄
녹아내리는 시냇물처럼
조용한 읊조림

마음은

추함과 멀어지다가
언젠가 그 단어마저
잊어버리고

영혼은

사방을 밝히는 횃불 되어
하늘까지 들어올려지겠지

그녀들의 눈웃음은

새싹의
옅은 연두빛을
머금고

끝없는 바다
수평선까지
퍼져나갈 테지.

꿈 이야기

내가 시골을 가게 됐는데
초라한 초가삼간 좁은 방에서
미사를 집전한다는 거야

들어가 보니 젊은 신부님이
나의 차례에서 성체를 거두시고
돌아나가 버리시네

하는 수 없이
나는 다른 성당으로 발길을 돌렸는데
거기서도 똑같은 상황을 마주하고

나만 남겨 놓고
모두 나가 버린
빈 성당에서

제대 위의 책을 보려는데
갑자기 앞에 있던 촛불이
꺼져 버리네

눈을
가만히 뜨며
드는 생각이

요즈음
불평불만에
사로잡혀 있던 나

묵상으로 성찰하라는 말씀이신가?

아직
마음 정리가
안되어 있는데

어쩌나.

시선

정의로운 주님의 시선은
그분의 발밑을 향한다

우리는 그분을
우러러본다

환히 올려다 보이는 곳

인간의 간사함이
닿지 못하는 곳

남을 조롱하는
못된 자들이
똑바로 응시하지 못하는 곳

위선이 숨지 못하는 곳

우리는
하늘을 향한 시선을 거두지 않지만

십자가 위
주님은

항상
아래를
굽어보신다.

정든 집

가다 가다 못가면
돌아서 가리

구불 구불 산길을
고이 지나면

한 이랑 두 고랑
논두렁길 나오고

아지랑이 처마 밑에
아스라이 간직한

오붓한 정든 집
내 돌아갈 본향.

내 님의 십자가

내 님의 십자가
손과 손으로
감싸안으면

그분의
땀방울
핏방울

살갗을 타고
심장으로
스며들어

희생의
의미를
새기고

화합의
징표를
찍어 주시네.

그분의 음성

내 가슴
깊은 곳에서

음성이
들려왔다

밀고 나가거라

이해해 주는 사람 없다고
용기 잃지 말아라

내가 있지 않느냐

나를 의지하고
힘을 내어

밀고 나가거라

네 주님

그렇게
하겠나이다.

은행나무

성당 구내
수도원의
노란 아름드리
은행나무

메마름에 지친 사람들
둘러 앉아
가슴 후련한 말들
나눠보고

마음 바탕 비슷한 이들
노란 잎 방석 삼아
끼리끼리
마주보며

삶의 다양한 양태
뛰어넘는
겸손한 체험담들
오고 가리

삶의 조건에
승복해야 할
운명을 지닌
인간들이

때로 느끼는
무상이라든가
부조리함에서
빠져나와

진한 갈망을
채움 받을 수 있는

노란 아름드리
은행나무.

사루비아 꽃길

내 아픈 마음
녹여 주시던
스테파노 수녀님

지친 날개 내려놓고
쉬고 싶을 때
항상 떠오르는 분

훌쩍 떠나신 당신 싸늘한 손의
주사바늘로 얼룩진
멍든 자욱들

평생 수도생활 하시며
숱한 상처로 구멍 나셨을
당신 마음들

주님 대전에서
영혼의 고운 몸으로
살으소서

수녀원 뜨락에
가득 피어난
사루비아

수녀님 밟으시라
더더욱 붉음으로
장식되었더이다

서둘러 찾아가시는 길
빨간 사루비아
꽃길이소서

당신에게 드려야 할
긴한 소식들은

십자가 주님의
아픈 상처 위에

입맞춤으로
전해
드리겠습니다.

생과 사

신이
인간을

홀로인 채
세상에 보내시고

각각 따로이
신의 자리로
불러내시는 의미를
알 것 같습니다

살아 움직임은
화기애애함과 어울리므로
공동체가 좋겠으나

생과 사
두 차원의 교차라는
긴장된 상황에선

호젓한 것이
더 진솔할 수 있겠지요

때때로
깊은 내면의 장에서

당신과 둘이서
말을 나누고 싶습니다

음성 없는 언어로

움직임 없는 손짓으로.

절대적 힘

태풍은
심각한 사태 직전에서야

슬그머니
동해상으로 꼬리를 감추며

인간의 나약함을 자인토록 하고
협박을 거두어 가는데

성급한 옆집 아낙은
이슬비가 오는데도

흠뻑 젖은 우산을
말린다고 소동이다

변덕 많고 무서움 잘 타는
약한 인간의 본성과

이를 독려하고
다스려 줄

절대적 힘의 존재감은
대비되는데

튼튼한 밧줄로
몸과 맘을 동여매어

끝 날까지
풀지 말고

신의 언덕에
닿아 보리라.

성모님께 드리는 기도

성모님,

당신과 저희들 사이에
곱게 매듭지어진
명주 목도리는

셈하기조차 어려운
긴 세월 동안
매서운 추위를 견디는

구원의 손길이었습니다

그 목도리의
따뜻한 감촉을
이제야
조금씩 알게 되었으니

당신이 눈치채실까
조마조마한
마음의 틈새를

흠모의 천으로
때움질하겠습니다

방종과 절제의 길을
왔다갔다하던
저희 마음이

짧은 해가
뉘엿뉘엿할 적에야 봉합되어
하나의 생각으로
맞추어졌습니다

성모님,

누군가를 원하고 있었던
저희들 마음은
당신에 대한 갈망이었고

기다렸던 소망은
'불리움'
바로 그것이었습니다

이제
한 움큼의 작은 손아귀에
당신의 사랑이 가득 채워졌으니
더 바랄 것이 없습니다

성모님,

단순하지 못하여
고통 받았고
이해하지 못하여
배신감 느꼈던

아프고 슬펐던 일들일랑
오늘로써 끝내렵니다

당신 아드님의
영과 육이 분리되는 순간에
틔워진 희망의 싹을

무상으로 받은
저희들이기에

겸허하게
자신을
비우겠나이다.

책 끝에

딸과 손녀들이
드리는 글

엄마의 하얀 벗 일기장은 제게 늘
미지의 세계로 남아 있었습니다.
하얀 벗을 들추어 보면, 그곳에 엄마의 내면의 소리가 맴돌고 있고
엄마에 비친 가족들 모습이 고스란히 담겨 있을 것 같았습니다.

제 마음의 파도가 끝없이 흘러가 닿을 대상인 제 엄마는
삼십대 중반에 첫 아들 상아를 잃고
되돌리기 힘든 깊은 실의에 잠겨 지내셨습니다.

사랑하는 존재를 잃은 상실감과 절망 속에서
신앙이라는 한 줄기 빛을 따라
엄마는 밝은 생을 다시 꿈꾸기 시작하셨습니다.

"내 마음을 헤아려 주시는 님이
진리의 언저리에 머물기만 해도
내 뜻을 다 들어주심을 체험한다.
그분이 말없이 깨우쳐 주시기에 위안을 얻는다."

동시에 엄마는 하얀 벗을 일상의 한 조각으로
손에 꼭 쥐고 삶을 지탱하셨습니다.

비밀의 열쇠로 열고 들어간 하얀 벗 안에는
엄마 마음속 넋두리가 송알송알 맺혀 아름다운 열매로
자라나고 있었습니다.
제 상상을 뛰어넘는 지혜로움과 동경이
수려한 문장들 틈에서 꿈틀거리고 있었습니다.

인고의 검붉은색 위에 희망의 청록색 옷을 덧입은 하얀 벗은
세상을 품고 시를 노래하고 있었습니다.

엄마는 "누가 내 글을 읽으면 부끄러워 어떡하나" 속삭이면서도
"내 향기와 사색을 담아 세상에 펼쳐놓고 싶다" 다짐하고 계셨습니다.

아들을 앞세운 엄마의 한과 고뇌가 하얀 벗에서 비워지고,
소라껍질 깊숙이 묻힐 뻔한 엄마의 문학적 열망이
그 자리를 채우길 소망합니다.

큰딸 현수 올림

제 내면의 소꿉친구인
할머니의 시집 출간을 축하드려요.

저의 항해에 늘 함께 해 주신 할머니는
무엇을 맛보셔도 달콤함을 말씀하시고,
어떤 냄새에서도 향기를 찾아내시는 긍정적인 분...

세월 속에 다듬어진 당신의 남모를 비애를 담은 글이
이제 세상의 빛을 보게 되어 제 마음이 따뜻해져요.

할머니가 시계 초침의 노랫가락에 맞추어 들려주시는
나긋하고 진솔한 이야기를 들으며
저는 행복합니다.

큰 손녀 소이 올림

할머니께서 평생 쓰신 일기가
예쁜 책으로 나온다니 정말 멋진 일이예요.

저도 학교에서 일기를 과제로 하면서
글을 쓴다는 것은 참 어렵다는 것을 알았는데
할머니께서는 이렇게 훌륭한 글들을 많이 쓰셨다니
놀랍고 자랑스러워요.

앞으로도 건강하게 오래 오래 사시면서 일기를 쓰셔서
할머니 일기가 시리즈로 계속 나왔으면 좋겠네요.

할머니 사랑합니다.

막내 손녀 서우가

사랑하는 할머니께

제가 세상에서 가장 사랑하고 소중하게 생각하는 할머니,

새삼스럽지만 저는 항상 할머니한테 고맙다는 말을 하고 싶어요.
할머니의 몸이 편찮으실 때가 많았는데
그럼에도 꿋꿋이 저를 포함한 주변 사람들을 위해
기도하시는 할머니를 보며,
저도 하느님께 의지하며 살아야겠다고 생각해요.

이렇게 저도 모르는 새에 할머니가 제 일상에 녹아들어 있고,
저는 할머니 생각으로 하루하루가 더 밝아져요.

할머니와 배추전도 부쳐 나누어 먹고,
함께 시집도 만들면서
행복한 추억 만들기를 기대하며...

손녀 소연이 올림

<놀러오는 할머니> -한국편-

어렸을 때 할머니가 우리집에 자고 가신다 하면 언니랑 나는 너무 신났었어!

왜냐하면 할머니는 맛있는것도 잔뜩 사주고,

할머니 / 최고!

재밌는 노래도 불러주고,

그래서 애들이가...

여름밤엔 옛날옛날 호랑이 담배피던 시절 얘기를 해주면서 땀 흘리면서 자는 우리를 위해 부채질도 해주고

어머어머 저 여자도 주책이야

등록씨는 아무것도 몰라..!

할머니 저게 그렇게 재밌어?

그럼~

우리한테 한국 드라마도 보여주고

에이구 요놈들!

우리를 잔뜩 사랑해 줬으니까!

할머니 다음엔 집안일좀 하지마!

-할머니 다음에 또 와!

할머니의 배추전,

할머니의 버터 토스트,

어머 주책이야! 할머니의 솔직담백함,

할머니의 정성스러운 사랑,

학교 갔다오면 개어놓은 이부자

나 먹으라고 시장에서 사온 딸기

우리가 놀러올때마다 냉동실에 가득한 아이스크림

<놀러오는 할머니> -미국편-

썬디에고에 놀러온 할머니랑 언니 고등학교 앞 카페에서 쉬던게 생각나..

나는 시험공부를 하고 있었던 것 같은데, 할머니랑 엄마가 쉬고 있어서 마음이 조금은 편해졌어

중학교때 근처 고등학교에서 수학 수업들으러 갔었는데,

점심시간 마다 할머니랑엄마랑 거기 언덕에서 갈매기랑 혼자 뛰어다니는 남자애 기억나? 중학교 친구들이랑 점심을 못먹어서 외로웠는데 할머니가 같이 있어줘서 비교적 덜 외로웠어.

나중엔 할머니가 나 육상대회 할때 왔었지

엄마 저기 소연이 뛴다!

-어머

미국에서의 내 자랑스러운 순간들 중 하나를 할머니와 나눌수 있어서 참 좋았어.

그러니까 내 졸업식에도 꼭 와줄 수 있었으면 좋겠어. 앞으로 더 많은 추억을 쌓을수 있게 말이야 ♥

할머니의 노래, ♪ ♪ ♪

모두 모두 너무 소중해요 ♡

요놈!

사랑해요, 외할머니 !!

친구가 친정 어머니가 평생 쓴 일기장들을 가방에서 꺼냈습니다.
순간, 그 일기장들이 고목처럼 보였습니다.
세찬 비바람에 꺾이는 아픔을,
뜨거운 태양빛에 바스라지는 고통을
순순히 받아 안고 긴 세월을 살아낸 나무.
아름다웠습니다.

그 나무는
끝내 하늘을 향해
초록빛 이파리를 무성히 피워 올리고
시라는 찬란한
꽃과 열매를 맺었습니다.

이 귀한 걸 냉큼 따 먹을 수 없어
하나하나 천천히 음미했습니다.
맛과 향이 더할 나위 없이 그윽했습니다.

사랑하는 두 아들을 잃은
한 여인이
남은 두 딸과
언젠가 다시 만날 두 아들을 위해
그리고 세상을 위해
더 나은 이가 되겠다며
기도와 명상으로
스스로를 벼리며 살아온 삶이
시어 하나하나에
녹아 있기에.

신숙희 님께
고개 숙여 인사 드립니다.

귀한 삶에서 길어올려
빛나는 지혜로 빚은
당신의 시들을
우리에게
나눠 주셔서
고맙습니다.

잘 살겠습니다.

2024년 여름,
어린이 책 작가 윤여림 드림.